恋するデザイン

朋

弦書房

〈カバー・装画〉
EIJI MITOOKA+DON DESIGN ASSOCIATES

目次

Ⅱ　夢を紡ぐ旅（公共施設・駅舎・店舗・展覧会）……127

はじめに

人生には不思議なことがあります。

素晴らしいものを見て、体の一つ一つの細胞が喜ぶほど心の底から感動した時、それが本当に光って見えるのです。

二〇一一年、水戸岡鋭治氏の展覧会「大鉄道時代展」で拝見したイラストレーション「ポインセチア」がそれでした。息子の電車好きがきっかけで訪れていた展覧会での出来事でした。私は絵の前で動けなくなりました。

この本のカバーのイラストは、「ななつ星in九州」のデザイナーである水戸岡鋭治氏にお願いし、掲載を許可していただいたものです。

水戸岡鋭治氏を知ったのは、幼い息子と町の図書館へ通っていた頃のことです。鉄道コーナーで『僕は「つばめ」のデザイナー』という一冊の本を見つけました。息子と一緒に読み進めていくうち、九州の列車を沢山手掛けていらっしゃることを知り、家族で旅をするようになりました。

けれども、私は所謂「鉄子」ではありません。イラスト「ポインセチア」に感銘を受け、デザインを追いかけた結果、鉄道で旅することが人生の一部となったのです。


ある日、水戸岡鋭治氏の画集「旅するデザイン」を手にとって眺めていると、咄嗟に詩集「恋するデザイン」を書きたいという衝動に駆られ、その本のカバーに「ポインセチア」が見えてしまいました。旅で心に残ったことをメモに書き留めてはいたのですが、詩の輪郭はまだぼんやりとしたもので時は過ぎて行きました。

そして、二〇二〇年からのコロナ禍。さて、私は生き残ることができるかなと考えました。もし、詩集「恋するデザイン」を残せないまま、「ポインセチア」のカバーの夢を追えないまま、ここで人生が終わってしまったら絶対後悔すると思い、詩を書き始めました。詩集のカバーは「ポインセチア」しか考えられませんでした。

執筆中、旅を加速させたかったのですが新型コロナ感染症予防のために自粛しました。

旅ができない間は画集「旅するデザイン」を眺めては美しいデザインの世界に浸り、そこからインスピレーションを得て詩を書きました。

勇気を出して水戸岡鋭治氏に出版の想いを伝え、約十年来の念願の夢が叶ったのです。人生は分からないですね。それまで詩を書くなんて考えたことすらなかったのですから。ただ一つ分かったことは、魂を揺さぶられるほどの感動が無ければ詩は生まれなかったということです。素晴らしいデザインに出逢えたことに心から感謝します。

朋《とも》

I

デザインを巡る旅

（鉄道・船舶）

観光列車「おれんじ食堂」車窓から

（肥薩おれんじ鉄道）

車窓から眺める不知火海

朝日を受けて
さざ波がきらきら
銀色に輝くの

夕日を受けて
さざ波がきらきら
金色に輝くの

２００形気動車「シーサイドライナー」

（ＪＲ九州）

昔懐かし窓開く列車♪
窓底のチョキ形の両つまみ！

摘んで上へ引き上げよう
ほら、走る風

風が頬を打ち
時計の針が逆戻り

果てしなく

遠い空と海の境を見ていた

飽きもせず
輝く海を見ていた

子どもの頃の
贅沢な時間

マリンブルーに着替えた
爽やかなSEA SIDE LINER

787系　特急「つばめ」　つばめレディ制服

（JR九州）

在りし日の記憶の中に
洗練された出で立ち
博多駅のつばめレディ

思えばその頃
新たなる風を纏い
走り出したんだね

あの頃私は二十歳《はたち》だった

１２５形気動車　「Ｙ—ＤＣ　１２５」

（ＪＲ九州）

二両編成黄色い列車
長閑に走る

眩しい陽射しに
何気なくカーテンを広げた

It's fantastic!
上品なグレーにドット模様
「点や線は情報を表す」

唯一無二　80億分の1の個性
見つめるほどに銀河の世界
気が付けば宇宙の旅

８８３系　特急「ソニック」　振り子式車両

（ＪＲ九州）

ブルーメタリックの車両
天性の感性
未来的だね

あなたはとびっきりの
お洒落をして
線路を走る

今日は遠くまで連れてって
カーブが得意

振り子式

前方良し！
速度良し！
乗り心地良し！

ガラスの扉を開けて
車内散策をしよう
ヘッドレスト愉快だね

８１５系「コミュータートレイン８１５」

（ＪＲ九州）

夜
窓に光る雨粒
散りばめられた雨は
時に一つとなり
静かに窓を伝いながら
斜めに動いてゆく
じっと見ていると

流れ星のよう
ゆっくり流れるから
落ち着いて願い事をしよう☆

８１７系　「コミュータートレイン８１７」

（ＪＲ九州）

祝！
電車デビュー♪

自然光が入る
ワイドな窓

視界を遮らない景色
人生、見通しが良いといいね！

見渡せる景色

人生、広い視野を持てるといいね！
移り変わる景色
人生の素晴らしい景色に逢えるといいね！

旅の贈り物
一駅の旅

72系気動車　特急「ゆふいんの森」Ⅲ世

（JR九州）

電車に興味を持ち始めた
幼い息子

コックピットの後ろに
やっとのことで立ち
前をじっと見ている

小さな背中と
しゃがんで支える大きな背中

前方に延びる線路
後方に過ぎ去る架線
移り行く冬景色

彼の瞳には
何が映っているのだろう

７８３系　特急「みどり」

（ＪＲ九州）

若葉の頃
涼やかな銀と緑の列車と
記念写真

肩車されたきみは
青楓のような小さな手で
ぎゅっと頭につかまっている

どんな時もその手に
喜びを握りしめて

生きて行くんだよ

どんな時もその手で
幸せを掴んで
生きて行くんだよ

人生は潮の満ち引きに似ている
うまくいかない時があっても
必ず満ちる時が来る

どんな時もそう信じて
きみの人生を
歩んで行くんだよ

８８５系　特急「かもめ（白いかもめ）」

（ＪＲ九州）

おろしたてのハレの服
お出かけランラン♪
嬉しいな

全席本革シート
老いも若きも
得意顔

ヘッドレストには届かない
ネクタイプリントＴシャツの

きみは小さな社長さん

８８５系　特急「かもめ（白いかもめ）」　振り子式車両

（ＪＲ九州）

大きくカーブする
有明海沿いの線路
後方車両からの車窓は
前方に連なる白いボディ

「かもめ」は傾いたまま
線路を滑るように
爽快に潮風をきる
惚れ惚れする走り

８８５系　特急「ソニック（白いソニック）」運転席

（ＪＲ九州）

整然としたコックピット
的確な判断
重厚なバケットシート
的確な操作
研ぎ澄まされる集中力
みんなの命運んでる
運転士さん

旅の安全ありがとう

71系気動車　特急「ゆふいんの森」Ⅰ世

（JR九州）

クラシックな香り漂う
ハイデッカー

目線が変わる
思考も変わる

過ぎゆく木々
幹の間を輝きながら進む太陽

トンネルで切り取られる

深い森の緑
アイビーのカーテン
美しい時間《とき》

800系　九州新幹線「つばめ」縦目のヘッドライト

（書籍　ぼくは「つばめ」のデザイナー）

新幹線の顔
縦目のヘッドライトと背比べ

きみの背丈は
ライトの半分

いつしか
鴨居をくぐるようになった

超えて行《ゆ》こう

もっと高く　もっと高く
拡大して行《ゆ》こう
もっと広く　もっと広く

そして
周りを優しく照らしてほしい

１８３系気動車　特急「ゆふＤＸ」

（ＪＲ九州）

休日のお散歩は
筑後川の河川敷
土手に揺れる菜の花

遠くから列車の音が聞こえる
山吹色のゆふＤＸが
見上げた鉄橋を渡る

話し声もかき消すほどの
重低音

ごごんごごんと鳴り響く
乗っているお客さんに
手を振ろう
「おーい！」

お客さんも応えるように
手を振った
良い旅を！

後ろ姿を見送ると
軽快な音に変わり
次の駅を目指して行った

１４０・４７形気動車　特急「いさぶろう・しんぺい」

（ＪＲ九州）

出発の時を待つディーゼル音
力強く唸らせ山岳を行く

急勾配の峠　鉄道で登る
「ループ＆スイッチバック」標高差４３０．３ｍ

ワンマン運転　運転席前後往来
気が付けば一望する線路の軌跡

明治の偉業　矢岳第一トンネル

「天険《てんけん》若夷《じゃくい》」「引重《いんじゅう》致遠《ちえん》」
トンネルの先に眩しい光
クライマックス「日本三大車窓」
難所矢岳越え　開拓者への称賛
時を超えて響け　真幸《まさき》駅の「幸せの鐘」

140・47形気動車　特急「いさぶろう・しんぺい」と
140・147形気動車　特急「はやとの風」

（JR九州）

「運が良ければ韓国岳と桜島がご覧になれます。」
（♪車内アナウンス）

今日はツイてる！
雪化粧の霧島連山
遥か彼方に桜島

古代漆色の「いさぶろう・しんぺい」で
山の氣チャージ

近づく鹿児島中央駅
眼前に迫る桜島
紺碧の錦江湾

漆黒の「はやとの風」で
海の氣チャージ

スローな観光列車
スピード新幹線
どちらも魅力に溢れてる

旅の計画すべてはバランス
往復Allチャージ！

28・58系気動車　観光列車「あそ1962」と
阿蘇山ロープウェイ「ゴンドラ」

（JR九州）（九州産交）

世界最大級のカルデラを行く
金のリボンが目を引く列車
大噴火を物語る車窓と
時の流れ

中岳噴火口まで登る
阿蘇山ロープウェイ
微かな火山ガスのにおい
山は生きている

溶岩の岩肌
見下ろす火口
火口壁の縞模様
違う星にいるみたい

阿蘇の大自然のように
大きくなあれ
きみの人生に
祝福のリボンをかけよう

８６２０形「ＳＬ人吉」

（ＪＲ九州）

黒煙をたなびかせながら
桜並木を駆け抜ける新しい春
トンネル前に汽笛の合図
心に響きわたる何故か懐かしい音
トンネルの車窓
窓ガラスは鏡となり笑顔が映る
「おごっつぉ弁当」お祭りの御馳走

郷愁を誘う味わい
天井の86《ハチロク》レリーフ　サロン展望室
大正ロマン
勇壮に走る陰に
煤煙と灼熱に汗を流す機関士さん・機関助士さん
停車駅で「ありがとう」
頼もしい笑顔は仕事への誇り

８６２０形　「ＳＬ人吉」展望ラウンジ

（ＪＲ九州）

ガラス張りの展望ラウンジ
お子さま専用特別席
レールの上の臨場感！

赤い鉄骨の中を
パラパラと通過する
幾何学模様のトンネル

一瞬で過ぎゆく
万華鏡のような世界と

子ども時代
明治の鉄橋遺産
球磨川第一橋梁
時の架け橋

新８００系　九州新幹線「つばめ」

（ＪＲ九州）

外はトンネル
車内は「走る美術館」

全席２＋２seat
西陣織の椅子に体を預け
ゆったりと寛げば
全身リラックス
超デラックス

金箔の妻壁

煌びやかこの上ない
心潤う優雅な気分
喜びマックス
幸せのアペックス

あなたを待つ
妻壁の彫金は
松？それとも蓮？
何に巡り合うかはお楽しみ♪
ちりばめられた伝統美

非日常の束の間の休息
間もなく鹿児島中央駅

４７形　特急「指宿のたまて箱」

（ＪＲ九州）

竜宮城の玉手箱
開けたらびっくり
おじいさん

いぶ玉のたまて箱
煙をくぐると
若返る

はい煙出して！
もっと出して！

61　I　デザインを巡る旅

１８３系　特急「あそぼーい！」

（ＪＲ九州）

出発進行
運転士気分
先頭車両はパノラマキャビン
雄大な阿蘇のパノラマビュー

白いくろちゃん親子シート
子どもの特権窓際シート
仲良く座って
流れる景色を楽しもう

くろちゃんも
一緒にあそぼーい!
木のプール
金箔の丸い飾りから出ておいで

富士山駅のプラットホーム

（富士急行）

帰りの電車を待つ間
ホームのベンチに腰掛け
正面に仰いだ日本一の山

山頂にかかる雲がはれ
拝まずにはいられない
「やっぱり高いね大きいね！」

もしかしたら
こうして並んで仰ぐことは

二度とないのかもしれない

駅名標「富士山」をバックに
カメラに収めた
きみの笑顔

よくこんな遠くに来たものだ
今こうしてここにいるのは
きみが生まれてくれたから

１８５系　特急「Ａ列車で行こう」

（ＪＲ九州）

プラットホームから
旅は始まる
流れるジャズ⁉
おしゃれだね

金色の蛇口から
黄色い飲み物⁉
僕はまだ知らない
柑橘のハイボール

買ってもらった
塩アイス♪
もうすぐ終点
なかなか溶けない

時速30キロで走って
座っていたい小鳥の椅子
聴いていたい車内のジャズ
少し背伸びした大人の旅

185系　特急「A列車で行こう」額縁のロータス

（JR九州）

蓮の花は
夜と朝の境に開花する
泥の中に根を下ろし
美しく咲く

蓮のようでありたい
大輪の花のように清らかに
広がる葉のように婀《たお》やかに
伸びる茎のようにまっすぐに

心を整えて
上手に生きてゆこう
夜が明けたら
涙も笑顔に変えて

クルーザー「マリソル号」三角〜松島〜本渡

（天草宝島ライン）

駅舎を抜けると
潮の香り
桟橋に響く軽快な足音
「マリソル号」で島巡り

デッキで感じる
スピード感
爽快に
波をきり風をきる

ファインダーの向こうは
風をものともしない笑顔
四方八方なびく髪
澄み切った青空

大小の島々
天草五橋で繋ぐ
天草パールライン
穏やかな海

クルーザー「マリソル号」本渡〜松島〜三角

（天草宝島ライン）

次第に遠ざかる桟橋
最終便で島を後にする
白く泡立つ航跡波
旅の余韻

黄金の雲の輪郭
切れ間から
海へ降り注ぐ幾筋もの光
天使の梯子

夕映えの空に
一日の感謝
雲の上には
天草四郎

813系＋817系「白いコミュータートレイン817」

（JR九州）

カタッ　カタッ
カッッタ　カッッタ
カッッッタ　カッッッタ

列車がホームに入線
後方に白い新型車両が連結！
何処で止まるかな？
お見事！
目の前に白いドア
乗りなさいってサインよね！

ドアが開くと
しましま模様にまるまる模様
どのシートに座ろうか
椅子取りゲームのように
埋まっていく席
うかうかしてはいられない
最後の座席
ヘッドレスト付きの特別感
座りなさいってサインよね！

終点まで読書をしよう
旅のお供は
「あと1％だけ、やってみよう」

観光列車「おれんじ食堂」

（肥薩おれんじ鉄道）

どれくらい時が経っただろう
線路沿いの景色
変わらない海

停車駅
列車のドアが開くと
揺れるカーテンベール

はじける記憶のカプセル
町を包む

みかんの花の甘い香り
手を伸ばすと届きそうな
大きな夕陽
圧倒され動けなかった
おれんじ色の光を浴びながら
水平線に溶けてゆくまで見送った
遠い夏の日

忘れることのない故郷

クルーズトレイン「ななつ星in九州」出発式

（ＪＲ九州）

鏡のように姿を映す
輝くクルーズトレイン

発車標には
「ななつ星」「SEVEN　STARS」

乗る人も旗を振り見送る人も
歓喜の笑顔

まるで

映画のワンシーン
光で満ちたホーム
記念すべき日

星に願いをかけよう
「きっと、私は乗る」と

線路を走る宝箱
まだ見ぬ世界

新８００系　九州新幹線「つばめ」
卒業式新幹線（期間限定　桜のラッピング）

卒業旅行
ホームに到着するなり
乗るはずの
新幹線が発車した

次に入線してきたのは
桜のラッピング新幹線
小学校卒業おめでとう
ツイてるね！

（ＪＲ九州）

人生何かを逃しても
もっと良い何かを
手にすることが
時にはある

すべては時の計らい
人生の時間調整
いつも幸運を引き寄せて
健闘を祈る！

観光列車「田園シンフォニー」

（くま川鉄道）

果てしなく続く田園風景
ここはいったい何処の国？

チェロで奏でる
「カノン」と「ジュピター」

何故知っているの？
お気に入りの曲

ハイバックソファ

「ひまわり」と「市松模様」

何故わかるの？
お気に入りの模様

ワクワク気分は
更なる喜びを引き寄せる！

「３０５系」新型車両

（ＪＲ九州・福岡市営地下鉄）

地下鉄のトンネル
眩しく流れる電光

立つ人も座る人も
スマホに夢中

床のＱＲコード
スマホをかざす若者

地上に出た

誰しもが一斉に外を見る
心地よい自然光
目に優しい景色

地下と地上の相互乗り入れ
乗り換えなしの軽やかな旅

７２系気動車　特急「ゆふいんの森」（新車両増結）

（ＪＲ九州）

山あいを走る
森色の列車
所変われば
「山」変わる
車内の椅子と天井
どんぐりのモチーフ
木の香り

木のぬくもり
森尽くしの旅を
時にはいかが？
緑に癒され
えもいわれぬ心地よさ！

出発式

出発式は
始まりの氣で
満ち溢れている

紅白リボン
レッドカーペット
その日限りの祝賀空間

お土産は
輝く未来行きの

（ＪＲ九州）

パッションだね

「或る列車」ＳＷＥＥＴ　ＴＲＡＩＮ　１号車

（ＪＲ九州）

百年前にタイムスリップ
黄金に輝く幻の客車
時空を超えて蘇る

列車の装飾「唐草模様」
窓の引き戸「大川組子」
幸せを呼ぶ「格天井」

卓越した技術
「星形のビス」とともに光を放つ

遊び心も忘れない

華の絨毯
花のカーテン
最旬で最高のラグジュアリー

うっとりスウィーツ
優雅な気分
真のエレガンスを愉しんで

ＢＥＣ　８１９系「ＤＥＮＣＨＡ」

（ＪＲ九州）

香椎駅
パンタグラフの屈伸
伸ばして架線から給電
下ろして出発のサイン
蓄電池にお任せ非電化区間
颯爽と海の中道の松林を行く
ブレーキエネルギーを充電

頼もしい走行
空調・照明も動かす
快適な車内
ドアの開閉ボタン式
賢く節電ＳＤＧｓ
到着！
０キロポスト西戸崎

ＢＥＣ　８１９系　「ＤＥＮＣＨＡ」優先席

（ＪＲ九州）

いいね！
ホワイトレザーの優先席
ちょっとリッチにひと休み

周囲にお知らせヘルプマーク
配慮で安心
援助で安堵

天使がほほえみ
誰もが和む

笑顔こぼれる幸福列車
人にも優しい
みんなの「ＤＥＮＣＨＡ」
穏やかな未来

７８７系　特急「つばめ」

（ＪＲ九州）

単身赴任先から
週末帰ってくる父
一時間余りの小旅行
「７８７」を駅で待つ

「この電車はいいぞ！」
満面の笑みで降りてくる
「ただいま」の照れ隠し
お決まりのフレーズ

あれから四半世紀
「787」は健在だ
力強くてかっこいい
特急電車のピカイチだ

父はもういない
子どもを乗せて
親子三代
リレーつばめ

特急「かわせみ　やませみ」

（ＪＲ九州）

子どもの頃
たった一度だけ見た
河原の翡翠《かわせみ》
美しい小鳥

呼び名は
「翡翠《ひすい》」
「青い宝石」
「kingfisher」

煌めきを纏い
羽ばたく
神秘的な羽
夢か幻か

陽光が射し
メタリックに輝く
ブルーとグリーンの車両
球磨川と球磨山麓

清らかな川
緑豊かな自然
翡翠とともに
永遠の景色で

783系　特急「ハウステンボス」

（JR九州）

旅は陽気にオレンジ
異国のナショナルカラー

天真爛漫！
彩度高めのキュートな車内

ここがイイ！
好みの配色「自由席」

ポップな椅子

春色萌えのハーモニー
プリーツカーテン
波打つリズム
色はマジック
拡散するエネルギー

「ことこと列車」　レストラン列車

（平成筑豊鉄道）

コトコト　コトコト
大切なこと
ゆっくり走ること
心にゆとりを持つこと

コトコト　コトコト
豊かなこと
料理で土地を知り
季節を味わうこと

コトコト　コトコト
忘れないこと
スプーンに映った
天井のステンドグラス

コトコト　コトコト
進化すること
組子の伝統と
新しいかたち

コトコト　コトコト
輝かしいこと
今日の日がかけがえのないこと
今日を明日に生かすこと

「ＹＣ１系」　ハイブリット車両

（ＪＲ九州）

正面を飾る縁取りライト
ステンレス側面に光の柱
オレンジドアのインパクト

沿線に光振りまき
明るさ満ちる
いつも元気をありがとう

心満たせば
溢れるパワー

優しく強くなれるよ
復活のバトン
It's your turn!
It's my turn!

８１１系「コミュータートレイン８１１　RED　EYE」

（ＪＲ九州）

銀の車両にアクセント
ブルーラインはマステ風
青と赤のロングシート
広がる模様「博多帯」
赤い座席の優先席
優しさの知性を差し出して
伝統工芸地域の誇り

独鈷に華皿「博多帯」
巻かれてみよう
どんな着物が合うかしら
粋な着こなし
キュッキュッと絹鳴り「博多帯」

「36ぷらす3」　1号車　4番　A

（JR九州・肥薩おれんじ鉄道）

完全個室！
最小のスペースで叶える
最大の豊かさ

寛ぎのお座敷
エレガントなモール
華麗なるソファ

揃いのクッションを抱いて
理想空間

夢時間

組子飾りの障子を開け
ブラインドを上げれば
青田の水鏡に夏空が走る

ハニーローザアイス片手に
華やぐ心
喜びのスパイラル

「36ぷらす3」

（JR九州・肥薩おれんじ鉄道）

30周年おめでとう！
車内散歩
787の記憶を辿る
復活！
懐かしのビュッフェ
ドーム型天井
再生！
思い出のセミコンパートメント

硝子の仕切り
瞳の奥で
過去と現在《いま》がリンクする
失うことのない新しさ

「36ぷらす3」　4号車　Lounge bar 39

（JR九州・肥薩おれんじ鉄道）

瀟洒な佇まい
光のアーケード

足元は植物の群生
瑠璃色のパッチワーク

白い革のソファに腰かけ望む
雪見障子越しの九州西海岸

日差しを受け黄金に輝く

緻密な電気鋳造テーブル
創造は心の鏡
人生をかけて辿り着きたい境地
ラウンジに染まり
透き通ってゆく心

「クイーンビートル」

（ＪＲ九州高速船）

太陽の下
魅せる深紅の
ナイスバディ

波を味方に
トリマラン
海を滑る

前途洋々
Go サイン！

祝福のダイアモンドウエイブ

旅の醍醐味
クイーンおすすめ
クレミアアフォガード

船尾にはためく
パナマ国旗
拡がる世界

「ふたつ星　４０４７」ラウンジ４０　よんまる

（ＪＲ九州）

カウンター目指して一直線！
デザインの爆発
走る展覧会

パールメタリックの箱に
金のリボンをあしらう
デザイン詰め合わせセット

活きてる！
「いさぶろう・しんぺい」

「はやとの風」の夢の跡

良《い》いとこ取り！
上中下3分割の窓
西の空と海と大地の陽気を招く

活かすべきは残し
割愛すべきは手放し
今を超えてゆく

片道だけでは見尽くせない
ぐるりと周って
ふたつ星☆☆

「ふたつ星　4047」　4047B　1号車　1番　ABCD
（JR九州）

有明海を眺めながら
頬張るお弁当
気分ノリノリ！

干満差日本一の恵み
月の引力のご馳走
美味しさ海苔《のり》海苔《のり》！

一度乗ったら止められない
程よい個室感

ボックス席に乗り乗り！

Ｎ７００Ｓ　西九州新幹線「かもめ」１号車

（ＪＲ九州）

滑らかな走り
時速２６０㎞

椅子に大輪の菊
気品が宿る日本の花

タフな生地感
ふかふか枕の心地良さ
リクライニングすれば無重力

天井に「かもめ」飛ぶ
時間圧縮
時の流れ3倍速
暮らし刷新
日本一短い新幹線

N700系　新幹線「さくら」車窓から

（JR九州・JR西日本）

夕日は大地を早送りでリレーする
水田をとび
川を渡り
夕陽柱を映して駆け抜ける

進行方向の先に見える雲を
次々に追い越し
大空に描く鳥からのメッセージ
「さあ、今こそ飛び立とう」

あの日目覚めた志を巻き戻す時
心を映す空の色に
胸を熱くする
悲願の夕焼け

☆おまけ

一番列車の切符の取り方

いつも喜んでいること
いつも感謝すること
幸せの数を数えること

すると切符がとれます
びっくりします
本当です

頑張った後には

何かしら楽しいことが
待っています

自分を信じて
明日を信じて
人生を信じて

Ⅱ

夢を紡ぐ旅

（公共施設・駅舎・店舗・展覧会）

ポインセチア

（大鉄道時代展　ＪＲ博多シティ）

色鮮やかなポインセチア
絵に魅せられ立ち止まる

白いドットがロマンチック
見つめると光となる

きらきら煌めいて
まるで宇宙

喜びが溢れるよう

喜びがほとばしるよう
それはきっと魂の歓び
それはきっと人生の道しるべ

すべてが輝いて見えるって
こういうことかもしれない

葉っぱの屛風

葉っぱの屛風から
清々しい氣が漂ってくる
暑夏を忘れる心地よさ

見えなくても
感じるものがあるんだね
思わず目を閉じて深呼吸

（大鉄道時代展　ＪＲ博多シティ）

タイムトンネル

（大鉄道時代展　ＪＲ博多シティ）

幼い頃の心地よい記憶
きっと幾つになっても蘇る

幸せな時間に
タイムスリップ

心の引き出しの
カラフルな思い出

素敵な記憶に

アクセスすれば

いつでもどこでも
今すぐ楽しい人生

さあ
五感を研ぎ澄ませ！

つばめのエンブレムツリー

（幸福な鉄道展　ＪＲ博多シティ）

木のトップに
光るつばめのエンブレム
枝に掛かった植物ポット

生気を放ち
素敵な木だね
良い氣だね

枯れないように
水やり気遣い

優しいね

ずっといたい
幸せな場所
愛と光に満ちている

博多シティの大時計

（ＪＲ博多シティ）

あの時すべてが始まった
きっと何かが動き出す

偶然という必然
時の定め

きっとご褒美
時の恵み

時はすべてを知っている

今までもこれからも

おもちゃのチャチャチャ　ちゃちゃちゃくらぶ

（博多駅　1番線ホーム）

ひたすら木のプール
我を忘れて熱中する
子どものお仕事
遊ぶこと

ひたすら木のプール
何気なく育まれる
豊かな心
感受性と想像力

ひたすら木のプール
肌で感じる
天然素材の心地よさ
ぬくもりと優しさ

ひたすら木のプール
心を満たして
元気になあれ
大人の愛に包まれて

有田焼陶板のタイル画アート（公募）

（ＪＲ博多シティ）

ぴかぴかの陶板に
青くすらりとした幹
伸びやかな枝に
「葉」「花」「鳥」「魚」のシンフォニー

鉛筆を上手に持てるようになった頃
観察しながら描いた
「僕の葉っぱ」
何処にあるかな？

「ここだよ！」
1番ホームから繋がる
3階コンコースの柱
素敵な場所にありがとう

大人になったあなたは
誇らしげに伝えるでしょう
大切な人に
「私の葉っぱ」と

ロッキングチェア

（ＪＲ博多シティ　３Ｆ改札口　コンコース）

ゆらゆら
ゆらゆら
窓際のお子さま専用
ロッキングチェア
特等席だね

ゆらゆら
ゆらゆら
眼下にはプラットホーム
発着する九州の列車

行き交う人々

ゆらゆら
ゆらゆら
きみはどこへ向かう?
誰もが旅の途中
人生は旅

つばめの杜ひろば　鉄道神社

（ＪＲ博多シティ　屋上）

「星門」でチャンスを呼び
「福門」で幸運を纏い
「夢門」で夢の扉を開く

二礼二拍手一拝

日頃の感謝と
人生という旅の安全を祈る
鉄道神社

つばめの杜ひろば　ミニトレイン

「つばめ電車」（初代）「くろ電車」（2代目）「ドリームつばめ号」（3代目）

（ＪＲ博多シティ　屋上）

笑顔を乗せて
広場を走るミニトレイン

花と緑が
季節を告げる

レール脇に優雅に立つ
「アガパンサス」
ミニトレインでくぐり抜ける

「ブルーベリー」のトンネル
手を振って
幸せ運ぶ小さな旅
天空に飛行機
初夏の凪

つばめの杜ひろば

照りつける真夏の太陽
体温を超える最高気温

そんな時
涼を感じるには
木陰がいちばん！

そよそよ揺れる葉
さわさわこすれ合う葉音
きらきら輝く木漏れ日

（ＪＲ博多シティ　屋上）

ふと想う
「緑は人類を救う」

うまや

いつものお決まりは
奥の席
こぢんまりとして
落ち着くね

額縁の
「燕子花」「枝垂桜」
バーチャル歌舞伎空間
その気になって「楽屋めし」

（ＪＲ博多シティ）

和の土壁
掘り炬燵
仲良く団欒
美味しいね

駅前広場のイルミネーション

（ＪＲ博多シティ）

「わーっ　銀河鉄道の夜みたい！」

彼の瞳も星となる
人生初のイルミネーション

60万球のＬＥＤ
夜の広場とペデを彩る

壮観だね
幻想的だね

クリスマスがやってくる♪
サンタさんがやってくる♪

金の時計　銀の時計

（大阪駅　大阪ステーションシティ）

エスカレーターを昇ると
そこは「時空の広場」

金の時計のてっぺんから
八角形の御影石の台座まで
スローモーションで姿を現す

It's very stylish.

時計の下で

王子さまが待っていたら
どうしよう♡

カリヨン広場

（大阪駅　大阪ステーションシティ）

太陽が一番高く昇る頃
カリヨンが光を反射し
輝いている

もうすぐベルが鳴るだろう
子どもがおやつの時間を待つような
わくわく気分

鐘楼時計の針が重なった
天高く響く

可愛らしいベルの旋律♪
一時間後にまた来よう

うまや　燕の間　松

燕の間
墨で描かれた壁板の「松」
漂う気品

一気呵成に描き上げた
格調高き松
氣が張っている

空間に広がるエネルギー
ご馳走とともに

（東京　外苑うまや信濃町）

いただきます
松パワー
一〇〇〇%
活力チャージ完了!

うまや

（うまやの楽屋　東京ソラマチ）

夜空を突き抜くスカイツリー
街を彩るＬＥＤ
あなたは遠く東の空

夜空に輝く月と星
遮るものは何もない
私は遠く西の空

離れていても
仰げば

空は繋がっている

応援してる
いつも味方
どんな時も味方

湯の鶴迎賓館　鶴の屋

（水俣市）

白壁の「鶴の屋」
鶴の暖簾で
お出迎え

見つけた！
九州新幹線妻壁の図柄
広間の古き佳き格天井

ご当地食材イタリアン
満たされて

里を散策

澄んだ空気
湯出川のせせらぎ
小鳥のおしゃべり

花びらのシャワーに
心が洗われる
桜の小径《こみち》

玄林館

（別府湾サービスエリア）

デジャブ
何処かで感じたこの雰囲気

正解！
キッチンに「鮮彩アイビーパネル」

人生に予告なしに訪れる
ありがたいシンクロニシティ

心は磁石

ワクワクにフォーカス

くろちゃん　コインロッカー

（大分駅）

１０１匹のくろちゃん
愛くるしい表情
ロッカー番号１～２５
ロッカー番号８３～１０１
続き番号　２６～８２は何処にある？
探検探検　駅探検！
かくれんぼのくろちゃん

見つけたら教えてね！

電気自動車「ぶんぶん号」

（大分駅　コンコース）

駅コンコースを行く
真っ赤な乗り物
「ぶんぶん号」

一線を画し
大人も振り向く
「ぶんぶん号」

切符売り場
順番順番

並んで待とう

きみ
先頭の席
運が良い！

童心に帰り
心浮き立つ
「ぶんぶん号」

組子ハウス

（特別展　デザインワンダーランド　大分市美術館）

自然光が差し込む
窓際の組子ハウス
斬新な茶室

席に入ると
四方天井組子細工
畳に映る美しい影

御点前と上る湯気
抹茶の香り

静謐な時

懐紙に干菓子
満月と菊
中秋の茶会

亭主
やわらかな心
一期一会

大分銀行　宗麟館

（大分市）

鮮彩《あざやか》な椅子
リッチな銀行
充足時間

木のプール
楽しい銀行
待ち時間

ロッキングチェア
癒しの銀行

休息時間
こんな銀行
あってもいいよね！

大分シティの大時計

（ＪＲおおいたシティ）

四角い枠の丸い時計
スカーフのモチーフのよう

一枚の布
結び方いろいろ
大人のツール
魔法のシルク

一生の時間
使い方いろいろ

夢みる人生
この世で叶えて

シティ屋上ひろば

（ＪＲおおいたシティ）

ユーモラスな広場
水上も走る
屋上のレールバイク

こんなに楽しい乗りもの
乗らないなんて
もったいないよ！

「鉄道神社」
「ぶんぶん堂」

Wで夢も叶えよう

ブラッサム大分　ロビー

（ＪＲ九州ホテル）

行く末広がる
八角形の大きなテーブル

見上げれば
格天井のＰＨアーティチョーク

座る時には気づかなかった
片側だけの椅子のアーム

椅子を引かなくても

立ち上れる易しさ
杖をつくお年寄りにも
スムーズな優しさ

優美なインテリア
引き算の心地良さ

ブラッサム大分

エレベーターの扉が開くと
各フロアのおもてなし
視界に拡がる板絵たち

迎えてくれたグリーンリーフ♡
客室へ誘う獅子柄絨毯
足取り軽く縁起良く

カードキーを手に高まる期待
裏切らないインテリア

（JR九州ホテル）

憧れ空間
もうときめきが止まらない
喜びに満ちる
私のパワースポット

ブラッサム大分　エレベーター

（ＪＲ九州ホテル）

外が見えるエレベーター
透かし模様が
日常を素敵にメイクする

いつも心に
美しい風景を
それはきっと豊かな人生

ブラッサム大分　ＣＩＴＹ　ＳＰＡ　天空　露天風呂

（ＪＲ九州ホテル）

いざ！天空へ
葉っぱの板絵伝う階段
植物の息吹生き生きと

絶景！街を俯瞰
地上高く意識高く
空の青を映す海

肌に纏う泡
溶け込むパワー

天然の恵み
運気吸収
気分リセット
リフレッシュ

☆おまけ

「運」は「運ぶ」
「運ぶ」は「電車」
「電車」は「楽しい」
「楽しい」は「幸せ」
「幸せ」はみんなで紡ぐもの

Ⅲ　夢実現の旅

（画集他）

赤いボーダーのタペストリー

（鹿児島中央駅）

なんて素敵な色使い！
一体誰が描いたのだろう
鹿児島中央駅の「つばめ翔ぶ」
後に作者と出逢えることなど
夢にも思わなかった
人生って面白い！

赤い扉の向こう

ドラマティックな「赤い扉」
大切なのは情熱

夢中になれるものは何だろう
静かに心の声を聴く

生きている実感
自分らしくなれる場所

さあ、時は満ちた

（ＪＲ博多シティ　９Ｆ）

鍵は生まれた時から持っている
勇気を出して
赤い扉を開けよう

その向こうに
きっと光が見えるから

夢

魔法のような眩い時の中
突然！
普段考えもしないような願いが生まれた

鮮明に見えるビジョン
目覚めるような感覚
胸のときめき

直感！これが人生のミッション
やる気になることを捉まえて

（大鉄道時代展　ポインセチア）

出逢いは時の仕掛け

夢、叶えたい！
夢、叶えよう！
夢、叶えます！

#「進化」

（大鉄道時代展　ＪＲ博多シティ）

昇る朝日のように
沈む夕日のように

刻々と移る星座のように
満ちる月のように

巡る季節のように
流れる雲のように

宇宙のリズムに合わせ

変化を起こせば
運命の歯車
回り出す

「自分の持ち場で頑張っていれば」

（講演会）

「人間は
自分でも気づかないような
凄い力を持っている」

力を信じて
なすべきことに心を込めて
考えを深めて

ミッションに
一見関係ないと思えることも

「自分の持ち場で頑張っていれば」

旅の行き着く先は
夢の扉
燦然と輝く日

色

（クイーンビートル・883系特急ソニック・800系九州新幹線つばめ）

「どんな色が好き？」

「情熱系　クイーンビートルレッド
爽やか系　アルミ電解着色ブルーメタリック
新幹線800系　マンセルN9・5ホワイト
あぁ　旅したい！」

松

どっしりと構えた幹
伸びる枝先
扇の松葉
天に向かってビクトリー！

（画集　旅するデザイン）

竹（笹竹）

思い出して
七夕の夜
織姫と彦星が出会えますようにと
天の川を探したことを

思い出して
夢は叶うと信じて
ピュアな想いをのせて
短冊にペンを走らせたことを

（画集　旅するデザイン）

思い出して
願い事が空からよく見えるようにと
笹の葉のてっぺんに
金の短冊を結んだことを

梅

襟を立て歩く
梅林の境内
寒さ和らぐ
ほのかな香り
優しいかたち
梅の花

（画集　旅するデザイン）

鶯

山に響きわたる
澄んださえずり
「ホー　ホケキョ」
「上手！　上手！」

小さな姿で
見事なさえずり
「ホー　ホケキョ」
「上手！　上手！」

（画集　旅するデザイン）

桜

もの心ついた時
いつもそこにあった桜の坂道
視界に広がる桜・桜・桜
気が付けば好きな季節

人生に巡る季節
満開の花を咲かせるために地上に舞い降りた
ミッションは魂の歓び
心を突き動かすもの

（画集　旅するデザイン）

天の意思に沿うなら
きっとうまくいく
心に広がる桜・桜・桜
夢をかたちに

木の葉　with　ゆふいんの森

（画集　旅するデザイン）

息をのむほど美しく舞う木の葉
風が見える
時はスローモーション
葉っぱの舞に引きこまれてゆく

風薫る
心潤う輝く季節

雪　with　ゆふいんの森

しんしんと
降りしきる雪の中を
ひた走る

車窓に触れる雪片は
雪の結晶を見せるや否や
すっと溶けては消えていく

幻想的な雪の舞は
そっと

（画集　旅するデザイン）

心を溶かしてくれる

星屑

目を閉じて天空を旅しよう
赤・青・黄・緑・橙
彩り豊かな星屑の中へ

「おめでとう！」

祝いのファンファーレ♪

ここから新たな人生の景色

（画集　旅するデザイン）

真っ赤なスカーフ

（オリジナルデザイン）

モチーフは
きっと
木の葉っぱ

血潮のように
脈動が聞こえてきそうな
葉脈の迷路

流星のように
斑が散在する

葉っぱの宇宙
本質はひとつ
満ちるエネルギー
パワフルなスクエア

小倉工場鉄道ランド　グランドオープン記念ツアー

（小倉総合車両センター）

懐かしのいさぶろう・しんぺい
列車の行き先表示は「小倉工場」

普段は乗り入れない線路
工場直通！特別列車

空間をともにするメンバーは
同じベクトル

初対面でも意気投合

阿吽で共鳴

豊かなコミュニケーション
今を全力で愉しんで

新たなステージ
新たな世界へ

ドット

（画集　旅するデザイン）

ページを捲りながら
その世界に浸っていると
作者の気持ちがなんとなく分かるような気がした

「ドット…」
それは宇宙を彷彿とさせる世界
森羅万象この世の全て
太陽も　星空も
海も　山も　植物も

私たちを取り巻く舞台装置も
魅了してやまない
高次元のデザイン
光と愛と美しきもの

「ドット」は教えてくれる
全ては同じもので出来ている
全ての源はひとつ

夢実現の旅

（大鉄道時代展　ポインセチア）

随分遠回りをしてきた
人生の目的を探していた
きっかけは突然やってきた
展覧会の「ポインセチア」
磁石のように惹きつけられた

ひと時も心から離れることなく
いつまでも輝きをくれるもの
咄嗟に書きたいと思った「恋するデザイン」
鮮明に見えたビジョン

ハートに従いデザインを旅する

コロナ禍
人生にはタイムリミットがあると気づいた
時間切れになる前に可能性に賭けてみよう
「もう思い残すことはない」という
後悔しない生き方

あと一つこの角を曲がれば
あと一つそのカーブを曲がれば
あと一つあの坂を越えれば
夢の扉がある
そう信じて夢実現の旅

☆おまけ

いつも「ワクワク」を選ぶと
喜びに引っ張られて
嬉しいことがやって来る

弾む心を守り続けて
それでいい！
楽しむことが大事

旅のあしあと

この年譜は、詩集「恋するデザイン」の詩の題材となった水戸岡鋭治氏デザインの鉄道・船舶・駅舎・店舗・公共施設・展覧会等を巡った１９９２年から２０２２年までの30年間の旅の軌跡です。（☆印は1番列車に乗車）

（一九九二）　７８７系　特急「つばめ」（ＪＲ九州）
　　　　　　７８７系　特急「つばめ」　つばめレディ制服（ＪＲ九州）
（二〇〇三）　８１７系「コミュータートレイン８１７」（ＪＲ九州）
　　　　　　８８５系　特急「かもめ（白いかもめ）」振り子式車両（ＪＲ九州）
（二〇〇四）　７２系気動車　特急「ゆふいんの森」Ⅲ世（ＪＲ九州）
　　　　　　７８３系　特急「みどり」（ＪＲ九州）
　　　　　　８８３系　特急「ソニック」振り子式車両（ＪＲ九州）
　　　　　　８００系　九州新幹線「つばめ」縦目のヘッドライト
　　　　　　（書籍　ぼくは「つばめ」のデザイナー）
（二〇〇七）　赤いボーダーのタペストリー（鹿児島中央駅）
（二〇〇八）　８８５系　特急「かもめ（白いかもめ）」（ＪＲ九州）
　　　　　　１８３系気動車　特急「ゆふＤＸ」（ＪＲ九州）

（二〇一〇）　８６２０形「ＳＬ人吉」　（ＪＲ九州）
８６２０形「ＳＬ人吉」　展望ラウンジ　（ＪＲ九州）
２８・５８系気動車　観光列車「あそ１９６２」と
阿蘇山ロープウェイ「ゴンドラ」　（ＪＲ九州）（九州産交）
（二〇一一）　有田焼陶板のタイル画アート（公募）　（ＪＲ博多シティ）
博多シティの大時計　（ＪＲ博多シティ）
駅前広場のイルミネーション　（ＪＲ博多シティ）
つばめの杜ひろば　鉄道神社　（ＪＲ博多シティ　屋上）
つばめの杜ひろば　ミニトレイン　（ＪＲ博多シティ　屋上）
つばめの杜ひろば　（ＪＲ博多シティ　屋上）
おもちゃのチャチャチャちゃちゃくらぶ　（博多駅　１番線ホーム）
ロッキングチェア　（ＪＲ博多シティ　３Ｆ改札口　コンコース）
ポインセチア　（大鉄道時代展　ＪＲ博多シティ）
葉っぱの屏風　（大鉄道時代展　ＪＲ博多シティ）
タイムトンネル　（大鉄道時代展　ＪＲ博多シティ）
「進化」　（大鉄道時代展　ＪＲ博多シティ）
８８５系　特急「ソニック（白いソニック）」運転席　（ＪＲ九州）
新８００系　九州新幹線「つばめ」　（ＪＲ九州）

（二〇一一）　☆183系　特急「あそぼーい！」　（JR九州）
185系　特急「A列車で行こう」　（JR九州）
185系　特急「A列車で行こう」　額縁のロータス　（JR九州）
クルーザー「マリソル号」　三角～松島～本渡　（天草宝島ライン）
クルーザー「マリソル号」　本渡～松島～三角　（天草宝島ライン）
815系　「コミュータートレイン815」　（JR九州）
（二〇一二）　玄林館　（別府湾サービスエリア）
電気自動車「ぶんぶん号」　（大分駅　コンコース）
くろちゃん　コインロッカー　（大分駅）
金の時計 銀の時計　（大阪駅　大阪ステーションシティ）
カリヨン広場　（大阪駅　大阪ステーションシティ）
つばめのエンブレムツリー　（幸福な鉄道展　JR博多シティ）
「自分の持ち場で頑張っていれば」　（講演会）
うまや　（JR博多シティ）
（二〇一三）　☆観光列車「おれんじ食堂」　（肥薩おれんじ鉄道）
観光列車「おれんじ食堂」　車窓から　（肥薩おれんじ鉄道）
湯の鶴迎賓館　鶴の屋　（水俣市）
うまや　（うまやの楽屋　東京ソラマチ）

富士山駅のプラットホーム　（富士急行）
うまや　燕の間　松　（東京　外苑うまや信濃町）
クルーズトレイン「ななつ星in九州」出発式　（ＪＲ九州）
125形気動車「Ｙ―ＤＣ　125」　（ＪＲ九州）

（二〇一四）

140形・47形気動車　特急「いさぶろう・しんぺい」　（ＪＲ九州）
140形・47形気動車　特急「いさぶろう・しんぺい」と
　140形・147形気動車　特急「はやとの風」　（ＪＲ九州）
47形　特急「指宿のたまて箱」　（ＪＲ九州）
新800系　九州新幹線「つばめ」
　卒業式新幹線（期間限定　桜のラッピング）　（ＪＲ九州）
☆観光列車「田園シンフォニー」　（くま川鉄道）

（二〇一五）

組子ハウス　（特別展　デザインワンダーランド　大分市美術館）
大分銀行　宗麟館　（大分市）
大分シティの大時計　（ＪＲおおいたシティ）
シティ屋上ひろば　（ＪＲおおいたシティ）
ブラッサム大分　ロビー　（ＪＲ九州ホテル）
ブラッサム大分　（ＪＲ九州ホテル）
ブラッサム大分　エレベーター　（ＪＲ九州ホテル）

（二〇一五）　ブラッサム大分　ＣＩＴＹ　ＳＰＡ　天空　露天風呂　（ＪＲ九州ホテル）
出発式　（ＪＲ九州）
☆「或る列車」　ＳＷＥＥＴ　ＴＲＡＩＮ　１号車　（ＪＲ九州）
７２系気動車　特急「ゆふいんの森」（新車両増結）　（ＪＲ九州）
７１系気動車　特急「ゆふいんの森」Ｉ世　（ＪＲ九州）
（二〇一六）　８１３系＋８１７系「白いコミュータートレイン８１７」　（ＪＲ九州）
「３０５系」　新型車両　（ＪＲ九州・福岡市営地下鉄）
赤い扉の向こう　（ＪＲ博多シティ　９Ｆ）
（二〇一七）　２００形気動車「シーサイドライナー」　（ＪＲ九州）
特急「かわせみ　やませみ」　（ＪＲ九州）
（二〇一九）　☆「ことこと列車」　レストラン列車　（平成筑豊鉄道）
（二〇二〇）　「ＹＣ１系」　ハイブリット車両　（ＪＲ九州）
真っ赤なスカーフ　（オリジナルデザイン）
（二〇二一）　夢　（大鉄道時代展　ポインセチア）
色　（クイーンビートル・８８３系特急ソニック・８００系九州新幹線つばめ）
松　（画集　旅するデザイン）
竹（笹竹）　（画集　旅するデザイン）
梅　（画集　旅するデザイン）

鶯　（画集　旅するデザイン）

桜　（画集　旅するデザイン）

木の葉　with　ゆふいんの森　（画集　旅するデザイン）

雪　with　ゆふいんの森　（画集　旅するデザイン）

星屑　（画集　旅するデザイン）

「クイーンビートル」　（ＪＲ九州高速船）

（二〇二二）

８１１系「コミュータートレイン８１１　ＲＥＤ　ＥＹＥ」　（ＪＲ九州）

ＢＥＣ　８１９系「ＤＥＮＣＨＡ」　（ＪＲ九州）

ＢＥＣ　８１９系「ＤＥＮＣＨＡ」優先席　（ＪＲ九州）

「３６ぷらす３」　１号車　４番　Ａ　（ＪＲ九州・肥薩おれんじ鉄道）

「３６ぷらす３」　（ＪＲ九州・肥薩おれんじ鉄道）

「３６ぷらす３」　４号車 Lounge bar 39　（ＪＲ九州・肥薩おれんじ鉄道）

Ｎ７００系　新幹線「さくら」車窓から　（ＪＲ九州・ＪＲ西日本）

７８３系　特急「ハウステンボス」　（ＪＲ九州）

「ふたつ星　４０４７」　ラウンジ40　よんまる　（ＪＲ九州）

「ふたつ星　４０４７」４０４７Ｂ　１号車　１番　ＡＢＣＤ　（ＪＲ九州）

Ｎ７００Ｓ　西九州新幹線「かもめ」　１号車　（ＪＲ九州）

小倉工場鉄道ランド　グランドオープン記念ツアー　（小倉総合車両センター）

（二〇二二）　ドット

夢実現の旅

（画集　旅するデザイン）

（大鉄道時代展　ポインセチア）

本編の詩は、すべて水戸岡鋭治氏のデザイン作品に触発され生まれました。巡り巡っても追いつけないほど、次々に新しい車両デザインなどが発表され、九州だけでなく全国各地で展開されています。その仕事量への気力・体力・エネルギーには圧倒されます。そして、人としての生き方・あり方・考え方は私の人生の道しるべとなっています。

水戸岡氏の業績に敬意を表して、プロフィールを少し紹介させていただきます。

【水戸岡鋭治氏の紹介】

イラストレーター、デザイナー

一九四七年岡山県出身。一九七二年ドーンデザイン研究所を設立。

建築・鉄道車両・グラフィック・プロダクトなどさまざまなジャンルのデザインを行う。なかでもＪＲ九州の駅舎、車両のデザインは、鉄道ファンの枠を越え広く注目を集め、ブルネル賞、毎日デザイン賞、菊池寛賞を受賞。

参考文献

旅するデザイン　鉄道でめぐる九州―水戸岡鋭治のデザイン画集　（小学館）
ぼくは「つばめ」のデザイナー　九州新幹線８００系　誕生物語　水戸岡鋭治　（講談社）
水戸岡鋭治の「正しい」鉄道デザイン　私はなぜ九州新幹線に金箔を貼ったのか？　水戸岡鋭治　（交通新聞社新書）
カラー版　電車のデザイン　水戸岡鋭治　（中公新書ラクレ）
あと１％だけ、やってみよう　私の仕事哲学　ドーンデザイン研究所　水戸岡鋭治　（集英社インターナショナル）
鉄道デザインの心　世にないものをつくる闘い　水戸岡鋭治　（日経ＢＰ社）
電車をデザインする仕事「ななつ星in九州」のデザイナー水戸岡鋭治の流儀　水戸岡鋭治　（日本能率協会マネジメントセンター）
TSUBAME ８００ Design Book　（TSUBAME DON DESIGN）
TSUBAME ８００ Design Book 2　（TSUBAME DON DESIGN）
DDA Don Design Associates　水戸岡鋭治　（株式会社ドーンデザイン研究所）
DDA EIJI MITOOKA ＋ Don Design Associates　（株式会社ドーンデザイン研究所）
水戸岡鋭治からのプレゼント　町と人を幸福《しあわせ》にするデザイン　（熊本市現代美術館）

水戸岡鋭治デザインワンダーランド　駅弁からななつ星
（大分市美術館・Don Design Associates）
隔週刊　鉄道マガジン　人気列車で行こう　6　ゆふいんの森　（小学館）
隔週刊　鉄道マガジン　人気列車で行こう　9　いさぶろう・しんぺい　（小学館）
隔週刊　鉄道マガジン　人気列車で行こう　10　ＳＬ人吉　（小学館）
ＪＲ九州・唐池恒二のお客さまをわくわくさせる発想術　唐池恒二（ぱる出版）
ＮＨＫ仕事学のすすめ　お客さまに誠実であれ　唐池恒二（ＮＨＫ出版）
やる！唐池恒二の夢みる力が「気」をつくる　唐池恒二（かんき出版）
鉄客商売　ＪＲ九州大躍進の極意　唐池恒二（ＰＨＰ研究所）
本気になって何が悪い　唐池恒二（ＰＨＰ研究所）
感動経営　唐池恒二（ダイヤモンド社）
幸福な食堂車　九州新幹線のデザイナー　水戸岡鋭治の「気」と「志」
一志治夫（プレジデント社）
九州遺産　近現代遺産編　１０１　文・写真／砂田光紀（弦書房）

おわりに

私がものごころがついた時、両親は車の免許を持たず、出かける時は電車を利用していました。ＪＲがまだ国鉄の頃です。私が車の免許を取得してからは、行きたい所へ自由に行くことができる喜びで電車とは縁遠くなっていました。

ところが、子どもが産まれ、息子が一歳の時に電車に興味を持ったことがきっかけで、再び電車に乗るようになりました。ちょうど水戸岡鋭治氏デザイン作品の観光列車が次々に投入された時期と子育ての時期が重なり、私たち家族は真新しい電車に乗って旅することができました。国鉄は民営化され、九州の電車は見違えるほど美しくなりました。

そして、息子と訪れた水戸岡鋭治氏の「大鉄道時代展」で、イラストレーション「ポインセチア」に出逢うのです。ごく普通の何者でもない私は、デザインの旅を通して書いた詩を水戸岡氏へ四年に渡って少しずつお送りしました。その中から一〇〇篇を一冊の詩集としてまとめ、その本のカバーに私の大好きな「ポインセチア」を使わせていただき出版したいとお伝えしました。そんなとんでもない夢のようなお願いに対し、水戸岡氏から掲載のご許可をいただきました。身に余る光栄です。

詩集の帯文は、元ＪＲ博多シティ社長の丸山康晴氏にお願いいたしました。ある日、水戸岡氏の側にいらした際に、偶然言葉を交わしたことがご縁の始まりでした。素性も分からない私にご親切にも、ＪＲ博多シティで水戸岡氏デザイン作品がある場所や、新列車の最新情報をお知らせいただきました。おかげさまで旅が何倍も楽しくなりました。その日、偶然お目にかかれたことが今ここに繋がり、帯文のご快諾をいただき幸運です。おふたりには深く感謝の意を表します。ありがとうございます。

出版に際し、初めての経験で右も左も分からないことばかりでしたが、弦書房社長の小野静男氏には、いつもありがたいご教示をいただき上梓することができました。約五カ月の間、本の完成を目指し伴走していただきました。最終校正の目前に「頑張っていいものを作りましょう」と力強いお言葉をいただいた時は、これまでを振り返りながら胸が熱くなりました。
編集の大山彩子氏には、本の制作に温かいお力添えをいただきました。出版の打ち合わせの時間はとても幸福でした。ありがとうございます。

私にとって、人生の折り返し地点を過ぎた今、素晴らしい方々との出逢いによって、夢を叶えることができたのはとても幸せな出来事です。夢を叶えるヒントは、水戸岡鋭治氏のデザインの世界を旅することや、著書や講演会の言葉などにありました。この詩集を手にとってくださった方々の、夢実現への勇気とその一助となることができれば幸いです。
最後に、一緒に旅してくれた家族に感謝します。ありがとう。

朋《とも》

〈著者略歴〉

朋《とも》（衛藤知子）

一九七二年生まれ、熊本県出身。
佐賀県在住。二児の母。

一九九二年、博多駅ホームで偶然見かけた787系のつばめレディの制服がずっと記憶に残っている。二〇〇三年から、鉄道好きだった子どもと旅したことがきっかけで水戸岡鋭治氏デザイン作品を巡る旅が始まる。水戸岡氏のイラストレーション「ポインセチア」に感銘を受け、詩を書き始めた。

詩集　恋するデザイン

二〇二三年 六 月三〇日発行

著　者　朋《とも》
発行者　小野静男
発行所　株式会社　弦書房

（〒810・0041）
福岡市中央区大名二―二―四三
ELK大名ビル三〇一
電　話　〇九二・七二六・九八八五
FAX　〇九二・七二六・九八八六

印刷・製本　アロー印刷株式会社

ISBN978-4-86329-267-3　C0092